LES ARÈNES DE LUTÈCE

CONFÉRENCE

DE

M. RUPRICH-ROBERT

ARCHITECTE

Membre de la Commission des Monuments historiques

A LA SESSION DE 1873

DU

CONGRÈS DES ARCHITECTES FRANÇAIS

EXTRAIT DES ANNALES

DE LA SOCIÉTÉ CENTRALE DES ARCHITECTES

(Première Série. — Premier Volume. — Année 1874)

PARIS

LIBRAIRIE GÉNÉRALE DE L'ARCHITECTURE ET DES TRAVAUX PUBLICS

DUCHER & Cie

Éditeurs de la Société centrale des Architectes

54, RUE DES ÉCOLES, 54

1875

SOCIÉTÉ DES AMIS DES MONUMENTS PARISIENS

Constituée dans le but de veiller sur les Œuvres d'Art & sur la Physionomie Monumentale de Paris

(Architecture, Peinture, Sculpture, Curiosités & Souvenirs Historiques)

Le Mercredi 19 Avril 1893, à 8 heures 1/2 du soir, au siège social de la Société des Amis des Monuments Parisiens, en l'Hôtel du Cercle de la Librairie, 117 Boulevard Saint-Germain.

Conférence avec projections à la lumière oxhydrique
LES ARÈNES DE LUTÈCE & LE PREMIER THÉATRE DE PARIS

à propos de l'ouverture du square des Arènes de la rue Monge d'après des documents inédits, avec l'exposé des dernières fouilles

par Charles NORMAND

Directeur de l'Ami des Monuments & des Arts, Architecte diplômé par le Gouvernement

TABLEAUX

Le premier champ de fouille en 1869.

Les carceres de 1869.

Le mur du podium.

Les fragments avec inscriptions identiques à ceux découverts en la place du Parvis Notre-Dame, (Sculpture et Architecture, objets découverts dans les premières fouilles.)

Les plans et coupes du monument en son état avant la guerre.

Le plan actuel complété.

Les squelettes parisiens au moment de la découverte dans les ruines des Arènes.

Sculptures.

Squelettes parisiens des Arènes.

Tête antique découverte dans les dernières fouilles.

Vue de l'état actuel des chênes.

La scène du premier théâtre parisien.

Tournez S, V, P.

Le lendemain Jeudi 20 Avril 1893 à 2 heures, **promenade au nouveau
square des Arènes** sous la conduite du Conférencier. Rendez-vous à
l'angle des rues de Navarre et Monge.

Le même soir 19 Avril 1893,

Monsieur **Charles SELLIER** fera ensuite une conférence sur

LES VIEUX MOULINS DE PARIS

<table>
<tr><td align="center">Le Président
RAVAISSON
Membre de l'Institut</td><td align="center">Le Secrétaire Général
Charles NORMAND
Architecte diplômé par le Gouvernement</td></tr>
</table>

. La conférence sera précédée de la lecture des statuts modifiés de la
Société, en vue de leur approbation par l'assemblée et du vote pour le
renouvellement des membres du Comité.

Des places seront réservées aux personnes qui voudront bien aviser de
leur présence le Secrétaire Général, 98, rue de Miromesnil; le nombre des
places étant restreint nous engageons nos adhérents, s'ils désirent être
bien placés pour voir les projections, à se trouver un peu avant l'heure
fixée. Des cartes d'invitations seront mises sur leur demande à leur
disposition.   **Tournez S. V. P.**

LES
ARÈNES DE LUTÈCE

CONFÉRENCE

DE

M. RUPRICH-ROBERT

ARCHITECTE

Membre de la Commission des Monuments historiques

A LA SESSION DE 1873

DU

CONGRÈS DES ARCHITECTES FRANÇAIS

EXTRAIT DES ANNALES

DE LA SOCIÉTÉ CENTRALE DES ARCHITECTES

(Première Série. — Premier Volume. — Année 1874)

PARIS

LIBRAIRIE GÉNÉRALE DE L'ARCHITECTURE ET DES TRAVAUX PUBLICS

DUCHER & Cie

Éditeurs de la Société centrale des Architectes

54, RUE DES ÉCOLES, 54

1875

LE PREMIER THÉATRE PARISIEN

ET

LES ARÈNES DE LUTÈCE

PAR CHARLES NORMAND

Secrétaire général de la Société des Monuments Parisiens, Directeur de l'*Ami des Monuments et des Arts*, Architecte diplômé par le Gouvernement.

Une découverte de la plus haute importance pour l'histoire et l'archéologie de la ville de Paris a eu lieu de 1870 à 1892. On a mis au jour, un monument, précisément en la place où l'on savait que des Arènes avaient existé et où l'on a reconnu à la fois un théâtre et un amphithéâtre.

Ces ruines antiques et curieuses qui forment la première page de l'album monumental du Vieux Paris ont longtemps attendu leur monographie ; M. Charles Normand l'essaye aujourd'hui avec l'aide des vues, des plans, des informations inédites et complètes qu'il a été possible d'acquérir sur ce monument.

Jusqu'à ce jour on n'a publié que quelques notices succinctes. Il n'existe point d'iconographie du monument ; quelques plaques photographiques, que la fragilité du verre menace de ruine, sont les seuls témoins incontestés de l'état de l'édifice au jour de sa découverte ; enfin la plupart des savants qui ont assisté aux fouilles ont déjà emporté dans la tombe les secrets qu'ils avaient pu découvrir. Le domaine de la science, comme celui de la Ville, était donc privé de lumière à l'endroit d'un des témoins les plus anciens et les plus originaux.

M. Charles Normand a réuni les renseignements fournis par la conversation avec diverses personnes qui ont présidé aux fouilles, et par l'étude faite sur place. Des vues du monument, sous tous

---

ses aspects, ont été reproduites en grand nombre par des procédés inaltérables, ainsi que les objets et inscriptions recueillis dans le terrain des Arènes. Sur le plan des constructions découvertes, on trouve l'indication du point d'où est prise chaque vue et le lieu de découverte de chaque objet ; chacun pourra se faire sa propre religion et distinguer entre les données certaines relevées par l'état du monument lors de sa découverte et celles qu'on pourrait tirer à tort de l'état actuel.

Dans les cas douteux, l'auteur a cherché à s'éclairer par la critique et par des enquêtes contradictoires. M. Charles Normand a demandé aux ruines d'édifices similaires de commenter les dispositions obscures de ces ruines incomplètes, grâce aux notes et dessins inédits qu'il a recueillis au cours de longs temps passés dans les théâtres et amphithéâtres des Gaules, de Suisse, d'Italie, de Grèce et d'Orient, ou dans les ouvrages en langues diverses.

On a réuni les textes anciens mentionnant un édifice dont l'existence n'avait jamais complètement disparu de la mémoire parisienne. On essaiera aussi de reconnaître le zèle des personnes intelligentes qui ont lutté pour sauver ce grand débris de l'antiquité, qui est une œuvre si intéressante. Puis viendra la description des diverses parties des Arènes de Lutèce, l'étude de leur destination et un aperçu de leur aspect primitif tel qu'on peut le supposer d'après les fragments sculptés ou peints que l'on a retrouvés.

M. Charles Normand indique les sources utilisées et le programme des fouilles qu'impose le vœu public pour faire cesser la regrettable mutilation dont Paris souffre dans son plus ancien monument : car il faut lui rendre son intégrité, dans le splendide développement de la courbe élégante et sévère des Arènes, où nos aïeux allaient chercher les plus vifs plaisirs.

Nous faisons appel au concours de tous ceux qui, par leur souscription, voudront assurer la connaissance précise du plus vieux monuments de Paris ; ils seront ainsi les véritables fondateurs et sauveteurs de son plus ancien monument et ils sauveront une page importante dans l'histoire de l'art en général.

Le tirage sera réglé sur le chiffre des souscripteurs : nous ne pouvons donc garantir qu'il soit possible de se le procurer si l'on n'a souscrit à l'avance. On sait quel prix élevé ont atteint les autres ouvrages de M. Charles Normand, *l'Ami des Monuments et des Arts*, le 1er volume du *Nouvel Itinéraire de Paris*, *la Troie d'Homère*, le *Livre d'Or du Salon d'Architecture*, etc.

Le travail paraîtra d'abord dans le *Bulletin* de la Société des Amis des Monuments Parisiens, mais sans les grandes planches en taille douce qui paraîtront seulement dans le volume.

[1] Les premières livraisons du tome II du *Paris* sont sous presse et paraîtront prochainement ; ce sera l'ouvrage le plus exact sur Paris.

La
Montagne Sainte-Geneviève
et ses abords

COMITÉ D'ÉTUDES
Historiques, Archéologiques & Artistiques
(Vme & XIIIe Arrondissements)

PROMENADES ARCHÉOLOGIQUES

[En 1896, MM. les Membres adhérents ont visité la Manufacture des Gobelins, l'ancienne Faculté de médecine, le Collège des Bernardins, l'Hôtel de Le Brun et plusieurs Maisons anciennes.]

INVITATION

Monsieur et cher collègue,

Vous êtes invité, en votre qualité de Membre de La Montagne Sainte-Geneviève, à assister à la prochaine Promenade, avec Conférence, qui aura lieu JEUDI 26 Novembre 1896, à 2 heures 1/2, et dont le sujet sera le suivant :

LES ARÈNES DE LUTÈCE
(Premier Théâtre parisien)

commentées, sur place, d'après des documents inédits, destinés à une « Monographie de ce Monument antique »

par M. Charles NORMAND,
Directeur de l'Ami des Monuments et des Arts
LAURÉAT DE L'INSTITUT
ARCHITECTE DIPLÔMÉ PAR LE GOUVERNEMENT

Agréez, Monsieur, nos salutations empressées.

Le Président,
Jules PÉRIN

Le Secrétaire général,
Charles MAGNE

Le rendez-vous est rue des Arènes (devant la porte d'entrée).

MM. les Membres de LA MONTAGNE SAINTE-GENEVIÈVE sont priés de se munir de leur CARTE DE MEMBRE, afin d'être admis à participer à la Promenade archéologique.

MM. les proviseurs, directeurs, professeurs et les élèves des Ecoles supérieures, des Lycées, etc., sont admis à faire partie de la Promenade.

N. B. — On peut se procurer des cartes de Membres adhérents, en s'adressant à M. le Trésorier PAUL VALET, Boulevard Saint-Germain, 96. (Bureau G. de la *Société Générale*).

COTISATION ANNUELLE : 6 Fr.

LES
ARÈNES DE LUTÈCE

CONFÉRENCE

DE

M. RUPRICH-ROBERT

A LA SESSION DE 1873

DU

CONGRÈS DES ARCHITECTES FRANÇAIS

Messieurs,

Une découverte importante pour l'Art et l'Histoire eut lieu vers la fin de l'année 1869, sur le versant oriental de la montagne Sainte-Geneviève, à Paris. Le service des travaux historiques de la Ville avait déjà fait des recherches sur ce point et reconnu l'existence d'un monument antique, les Arènes, qu'on supposait devoir y exister, lorsque le percement d'une nouvelle voie, la rue Monge, creusée dans le sol à 12 mètres environ de profondeur, vint traverser ce lieu connu pendant tout le moyen âge, et indiqué sur d'anciens plans de Paris, sous le nom de *Clos des Arènes*. Une partie de ces terrains bordés par la nouvelle voie et occupés par le couvent des *Dames Anglaises*, fondé en 1634, fut vendue en 1870 à la Compagnie générale des omnibus qui en continua le déblaiement sur une grande échelle en vue d'y établir un dépôt de voitures.

Enfin, des fouilles pratiquées avec plus de sûreté, et faites aux frais de la Ville, de la Compagnie générale des omnibus et de la Société française de Numismatique et d'Archéologie, firent reconnaître la moitié environ du plan du monument, l'autre partie restant cachée (et elle l'est encore aujourd'hui) sous un autre couvent, celui des *Dames de Jésus-Christ*.

C'est alors que les savants et les artistes purent constater l'existence d'un amphithéâtre dont pour la première fois depuis des siècles on pouvait juger la grande étendue.

Au moment où les fouilles s'opéraient, les journaux publièrent les nouveaux faits relatifs aux travaux, des Sociétés savantes se réunirent, des brochures se succédèrent; la polémique fut bientôt de la partie, et la passion se mêla aux débats d'une question très-importante, à savoir, la conservation ou l'abandon des restes des Arènes de l'antique Lutèce.

La Patrie, le Siècle, les *Débats, la Liberté, le Petit Moniteur, la Cloche, le Figaro, le Soir, le Journal officiel, le National, la Revue des Cours littéraires, la Gazette des Tribunaux*, etc., prirent énergiquement la défense du monument; une partie des articles qu'ils publièrent furent réunis dans une petite brochure qui se vendit au profit de la souscription en faveur du rachat. Deux journaux anglais, et particulièrement *la Gazette navale et militaire*, du 21 mai, se joignirent aux précédents.

Parmi les écrits publiés en outre à ce sujet, nous citerons :

Les fouilles des Arènes de Paris, de Louis de Chalarieu ; le *Rapport au ministre de l'instruction publique,* par le vicomte Ponton d'Amécourt, au nom de la Société de Numismatique [1] ; l'article du baron C. Poisson dans *la Patrie* du 3 juin 1870 ; *les Arènes de la rue Monge* et *les Mortiers romains,* par M. Stanislas Ferrand ; une lettre de M. Ch. Read, dans la *Revue de l'Architecture et des Travaux publics* [2], et une autre, du même, dans les *Débats;* un article, avec figures, de M. Georges Musset, dans *l'Illustration,* et un autre, très-intéressant, de l'un de nos confrères, M. Ch. Lucas, dans *le Constitutionnel* du 15 avril 1870.

La province ne resta pas indifférente à ce mouvement [3]. Trente-sept Sociétés savantes protestèrent contre l'abandon du monument.

Il n'est pas enfin jusqu'au pamphlet qui n'ait dit son mot dans cette affaire par la voix de M. Aimé d'Alizon et d'auteurs anonymes [4].

Une grande partie de ces documents existe dans notre dossier.

Vers cette époque se produisit encore en faveur de la conservation des Arènes un fait qu'on ne peut se dispenser de citer. Le 8 avril l'Académie des inscriptions et belles-lettres prenait à ce sujet une délibération qui se terminait ainsi :

« L'Académie, vivement frappée de l'exposé qu'elle vient d'entendre, et pénétrée de l'importance, à tous les points de

1. Voir *l'International* du 28 mai 1870.

2. Volume XXVIII, colonne 34.

3. Voir *l'Opinion de la province sur la question des Arènes gallo-romaines de Paris.*

4. *Les Arènes romaines de la rue Monge;* Paris, Lacroix, 1870. — *L'Opinion de M. Prud'homme sur les Arènes de Paris,* juin 1870.

vue, de la découverte déjà faite, et du complément qu'elle pourrait recevoir, décide à l'unanimité qu'il sera écrit en son nom, par le secrétaire perpétuel, à M. le sénateur préfet de la Seine, pour le prier de prendre les mesures nécessaires afin d'assurer la conservation du plus ancien monument de Paris, si heureusement retrouvé. »

Les Sociétés savantes, avons-nous dit, défendirent avec zèle la conservation. L'une d'elles[1] adressa dans ce sens, le 26 mai, une pétition au Corps législatif, et elle put réunir dans la suite une somme d'environ 15,000 francs, au moyen du prix d'entrée dans les Arènes et de différents dons particuliers. Une souscription ouverte par elle se serait élevée à 210,000 francs.

Parmi les divers projets d'expropriation et de déblaiement qui furent produits à cette époque nous en citerons trois :

Celui de M. Ponton d'Amécourt, qui consistait à ouvrir, à l'est des Arènes, une voie en prolongement d'une partie de la rue Rollin et allant de la rue Lacépède à celle des Boulangers; l'autre partie de la rue Rollin longeant le couvent des Dames de Jésus-Christ était supprimée. Celui de M. Rollin, architecte, laissant subsister ces deux parties de la rue Rollin, et la faisant communiquer, comme dans le premier projet, avec celle des Boulangers. Enfin, celui de M. Bousicaut[2], renouvelé d'une pensée qui s'était déjà produite lors de la première République, reliait le Panthéon avec le Jardin des plantes au moyen de la rue Clovis prolongée. Dans tous ces projets les Arènes devenaient un square ou promenade très-utile au quartier.

L'extrême énergie que plusieurs personnes mirent à défendre la bonne cause engendra-t-elle la fâcheuse réaction qui se produisit bientôt? Nous ne savons.

1. Celle de Numismatique et d'Archéologie.
2. Voir *la Liberté* du 12 juillet 1870.

Il n'en est pas moins vrai que la question portée devant le Corps législatif par un député, M. le baron Lafond de Saint-Mur, fut mal accueillie. Dans son interpellation au ministre des Beaux-Arts, qui eut lieu le 12 mai 1870, il fit connaître certains détails relatifs à la découverte et à l'histoire des Arènes, et il subit plusieurs interruptions. Le *Journal officiel* rend compte ainsi de cette partie de la séance. Nous citons :

M. LE BARON LAFOND DE SAINT-MUR. — « ... L'Académie des inscriptions et belles-lettres, vivement frappée aussi de cette découverte et pénétrée de son haut intérêt, surtout si elle recevait tous les développements dont elle était susceptible, a, dans sa séance du 8 avril, et à l'unanimité des membres de la compagnie, exprimé le vœu à M. le préfet de la Seine que l'amphithéâtre de l'antique municipe de Paris pût être complétement déblayé et devenir, par voie d'échange ou autrement, la propriété de la grande cité, qui y retrouve l'une de ses plus illustres origines. (*Interruptions.*)

« Que va devenir cette vaste et mémorable ruine? Disparaîtra-t-elle à titre de propriété privée avant d'avoir été déblayée et sondée dans son entier? Sera-t-elle reconquise et sauvée grâce au vœu public? Si la ville de Paris n'est pas assez riche pour payer sa gloire, l'État ne doit-il pas intervernir? Telles sont les questions qui se posent et qui m'ont déterminé à interpeller M. le ministre des Beaux-Arts.

« D'après les renseignements que je dois à M. le président de la Société française d'Archéologie et de Numismatique, la Compagnie des omnibus traiterait à l'amiable avec l'État ou la ville de Paris, concession qu'elle ne ferait à aucun prix à un particulier ou à une compagnie.

« M. d'Amécourt en a reçu l'assurance de ses directeurs. Ils ne réclameraient pour l'abandon de leur terrain que le remboursement de leurs déboursés, ou un autre terrain de même étendue dans le même quartier. La supérieure du couvent sous lequel est enfouie l'autre moitié de l'édifice est animée du même esprit de désintéressement; elle céderait ses bâtiments, son jardin, au prix auquel elle a été sur le point de traiter, il y a trois ans, avec la ville de Paris, alors qu'il était question de les exproprier pour la création d'une rue Clovis prolongée. On est en droit de supposer que les frais d'acquisition de terrain, de déblaiement et de nivellement, ne dépasseraient pas le chiffre de 1,800,000 francs.

« Le gouvernement est-il disposé à nous proposer d'acquérir les terrains occupés par les Arènes à l'aide du concours de la ville de Paris et du produit de la souscription ouverte ? Son initiative s'expliquerait par des raisons très-plausibles.

« Tous les ans, des sommes considérables sont inscrites au budget de l'État pour restaurer ou pour préserver de toute dégradation nos cathédrales, nos châteaux historiques, nos ruines. Nulle dépense n'est mieux justifiée, car tous ces monuments sont une de nos plus grandes richesses nationales; leur mérite d'art, souvent incomparable, en fait l'objet d'un culte universel d'admiration.

« Leur antiquité ajoute encore à la curiosité publique. Mais si nous les environnons de tant de soins, de précautions, si nous faisons de leur conservation une vanité nationale, c'est aussi parce que ces pierres, ce sont nos lois, le testament de nos pères, leurs croyances, leurs mœurs, leur courage, leurs vertus. Les histoires sont peu lues, les grands noms s'oublient; mais les pierres demeurent. On ne sait pas le nom des auteurs dont les manuscrits ont chauffé les bains d'Alexandrie, et les pyramides sont restées.

« La Chambre, je l'espère, voudra s'associer à une impo-

sante manifestation de l'opinion publique et assurer la conservation des débris des Arènes de Lutèce , si heureusement
retrouvées, auxquels se rattachent de si vieux et de si grands
souvenirs, car comme l'a si bien dit notre historien national,
Henri Martin, leur destruction serait une honte pour Paris aux
yeux de toute l'Europe savante. »

S. Exc. M. MAURICE RICHARD, *ministre des Beaux-Arts.*
« Le gouvernement a étudié la question que vient de lui
adresser l'honorable M. Lafond de Saint-Mur; mais il croit
répondre au sentiment de la Chambre en ajournant sa réponse.»
(*Rires d'approbation. — Très-bien. — Très-bien.*)

L'impression fâcheuse produite à la Chambre par cette
interpellation provenait aussi sans doute de son inopportunité.
En effet, le plébiscite au moyen duquel on se proposait de con-
solider la dynastie de Napoléon III et d'élargir nos libertés
publiques, avait lieu quatre jours auparavant et le recensement
général des votes émis n'était pas encore officiellement connu;
d'un autre côté les esprits étaient fort préoccupés de la situa-
tion politique extérieure, et les idées étaient ailleurs.

Toutefois il fut décidé par l'administration que l'intérêt
qu'offrait la découverte avait été exagéré, et que d'un autre
côté l'état des ressources présentes de la Ville et de l'État ne
permettait pas de faire l'acquisition des terrains dont le prix,
on l'a vu, était considérable. Il y avait donc lieu de renoncer
au projet proposé, et, à partir de cette époque, la Compagnie
générale des omnibus, qui avait ralenti, suspendu même les
travaux de ses magasins, et, il faut le dire, tenu compte assez
complaisamment des désirs exprimés par les savants et une
partie du public, reprenait ses travaux, et la démolition allait
marcher avec rapidité.

C'est à peu près à cette époque que l'un des membres de

la Société centrale des architectes, M. Davioud, fit remarquer qu'au point de vue de l'art et de la science il y avait intérêt à étudier les restes des Arènes qui allaient bientôt disparaître. S'il n'y avait plus rien à tenter pour éviter leur destruction, au moins pouvions-nous faire une sorte de constatation purement historique, et nous éclairer sur l'importance et la valeur de ces ruines. Il demanda donc et obtint qu'une commission[1] fût chargée de faire cette étude que nous mettons aujourd'hui sous les yeux de la Société.

Une première réunion eut lieu en juin 1870 pour constituer le bureau et poser les bases des études à faire.

Le 6 juillet tous les membres visitaient les ruines antiques de la rue Monge et constataient l'intérêt réel qu'elles présentaient. Dans la séance suivante, sur la proposition de trois membres, on décida qu'une lettre serait adressée à M. le président de la Société française de Numismatique et d'Archéologie, à l'effet de lui faire connaître les vœux que nous avions formés, comme dernière satisfaction, de voir au moins conserver dans le sous-sol la plus grande partie de ce qui avait été découvert, notre intention d'étudier ces restes intéressants, et notre demande de prêter son concours à la Société centrale en ce qui concernait certaines dépenses à faire pour de nouvelles fouilles.

Voici le texte de la lettre qui fut signée par les membres présents :

« MONSIEUR LE PRÉSIDENT,

« La Société impériale et centrale des architectes a cru

---

1. Cette commission était ainsi composée : MM. V. Baltard, *président ;* Bailly, Ballu, V. Calliat, Cendrier, G. Davioud, Destors, J. Hénard, Lefuel, Lequeux, Ach. Lucas, de Metz, Paul Sédille, Uchard et Ruprich-Robert, *rapporteur.*

devoir dans ces derniers temps nommer une commission pour s'occuper d'une étude purement artistique et spéculative sur les ruines gallo-romaines récemment découvertes rue Monge.

« Dans une visite que cette Commission a faite sur place, il y a deux jours, elle a constaté que l'administration des omnibus, propriétaire du sol, procédait à une démolition des murailles antiques dont elle pouvait se dispenser.

« En effet, il est probable que les constructions projetées ne comportent pas de caves et, par conséquent, il suffit à la Compagnie d'établir dans la hauteur des ruines actuelles les fondations des bâtiments qu'elle se propose d'élever. Pour conserver intactes les ruines que nous connaissons, sous le sol des écuries et des cours projetées, il suffirait à cette Compagnie de bâtir ses murs de fondations partout où le sol affouillé ne montre aucune trace de constructions antiques et de franchir, au contraire, tous les murs de l'amphithéâtre et tous les points intéressants par des arcs en maçonnerie suffisamment résistants pour porter les constructions supérieures quelles qu'elles fussent. Dans le cas où des caves seraient utiles à la Compagnie des omnibus, il y aurait encore moyen d'éviter les démolitions en laissant accessibles les murs sous les berceaux des voûtes. De cette façon les Arènes de la rue Monge que l'administration et l'initiative privée n'auront pu sauver de la destruction subsisteront toujours sous le sol d'un établissement public et pourront être un jour rendues à l'étude sous une génération plus soucieuse que la nôtre des monuments qui consacrent l'histoire nationale.

« Seulement, monsieur le président, pour arriver à cette combinaison, il faudrait incontestablement désintéresser la Compagnie en question du surcroît de dépenses que de telles précautions exigent ; aussi nous nous sommes demandé si votre honorable Société ne pourrait consacrer à ce travail nouveau tout ou partie des souscriptions ouvertes pour le rachat (les actionnaires consultés) et les quelques reliquats du droit d'entrée perçu par elle? En agissant ainsi elle entrerait assurément dans l'esprit des donateurs et elle rendrait à l'art et à l'archéologie un service signalé. Cette solution ne vaut pas, en définitive, celle que vous aviez si noblement entreprise, mais contre la force d'inertie et en présence de l'insuffisance des ressources qu'on a pu recueillir, il n'y aura bientôt plus à lutter; dans peu de temps les dépouilles historiques que vous vouliez sauver du néant auront disparu.

« Nous croyons également, monsieur le président, que votre intervention éclairée dans la question pourrait encore s'affirmer par l'exécution d'un modèle qui, classé dans un musée public, conserverait le souvenir de ces ruines. D'autre part, nous croyons que si la Société d'archéologie pouvait faire faire quelques fouilles dans les parties en prolongement du *proscenium* supposé et sous le sol du couvent voisin, il y aurait dans ce travail la découverte de substructions certaines permettant un projet de restitution sérieux, les études que nous avons faites nous permettant d'augurer de la certitude de découvertes importantes dans le voisinage.

« Dans le cas où nos propositions, monsieur le président, vous sembleraient dignes d'attention, nous sommes à votre disposition pour en seconder, dans la mesure de nos moyens, la réalisation immédiate.

« Veuillez recevoir etc... »

M. le président de la Société de Numismatique répondit, le 14 juillet, que « la démarche que nous faisions ne pouvait que les trouver, lui et sa Société, pleins de sympathie et de reconnaissance: Que n'avez-vous eu plus tôt, dit-il, la pensée excellente d'unir vos efforts aux nôtres et de nous prêter le concours autorisé de votre association et de vos études spéciales !

« Nous avions déjà porté notre attention sur les mesures de pis aller que vous nous recommandez, et recherché s'il y avait moyen de restreindre, à certains égards, l'œuvre de destruction barbare qui s'accomplit. Nous avions pris connaissance du plan de la Compagnie des omnibus, et constaté qu'elle conservera provisoirement sous terre tout ce qu'elle n'est pas forcée de démolir ou d'extirper. Mais, elle dérase, au nord, le mur du *podium*, la *cella*, les massifs du grand *couloir*, pour les mettre au niveau du sol de la cour et des écuries ; et, du côté ouest, le long de la rue Monge, on doit pratiquer des caves de maisons, qui vont entraîner l'enlèvement de tout le *podium* et de la seconde *cella*. Ainsi, il ne restera guère que certaines substructions mutilées, derniers vestiges des ruines qui étaient encore relativement si entières, si significatives pour les hommes du métier et même pour les curieux. Qu'est-ce désormais que de pareils restes, et quel mal irréparable fait une génération aussi peu « soucieuse que la nôtre », ainsi que vous le dites, des monuments qui consacrent l'histoire nationale !

« Nous ne voyons pas bien comment il pourrait y avoir lieu d'établir çà et là des arcs préservateurs. Dans tous les cas, nous croyons que votre intervention auprès de la Compagnie des omnibus ou de son architecte aurait plus de chance de succès que la nôtre, et, quant à l'aide pécuniaire à attendre de la souscription ouverte par nous pour le rachat, ce serait une question à examiner, aussi bien que celle du reliquat des droits d'entrée, dont l'emploi, s'il en existe après liquidation, est déjà à peu près décidé par notre Société.

« Vous exprimez le vœu qu'un modèle soit exécuté, pour conserver le souvenir des ruines qui auront disparu. Nous sommes heureux de vous faire savoir qu'un tel modèle vient d'être terminé à une échelle réduite, et que rien ne sera plus facile que d'en faire un plus grand à l'aide des photographies. Enfin vous nous signalez l'utilité que présenteraient quelques fouilles complémentaires, faites dans les parties en prolongement du *proscenium* supposé. Nous savons que la Compagnie des omnibus est obligée de refaire en entier le mur mitoyen qui la sépare du couvent voisin. On va donc, par ce seul fait, avancer de 4 mètres dans le déblaiement des terres qui couvrent encore de ce côté le sol des Arènes, et nous pensons bien, comme vous, qu'on y découvrira une suite de substructions qui pourraient permettre d'établir un essai de restitution plus concluant. Nous ne négligerons pas de suivre attentivement ces nouvelles fouilles et de les pousser aussi loin que possible. L'obstacle sera peut-être dans la rapidité du travail et dans l'impatience que la Compagnie des omnibus montre d'en finir avec toute cette affaire...

« Veuillez recevoir etc...

> « *Signé :* Vicomte de PONTON D'AMÉCOURT, *président de la Société française de Numismatique et d'Archéologie;* ALOÏSE HEISS, *vice-président;* de LASVILLE, Ant. HÉRON DE VILLEFOSSE, *secrétaire général.* »

On remarquera qu'un point important mis en avant par la Société centrale, celui des frais à faire pour de nouvelles fouilles, a été réservé.

Une seconde lettre fut adressée par elle à Mme la supérieure du couvent des *Dames de Jésus-Christ*, dont les bâtiments sont situés sur le côté sud des Arènes, afin d'obtenir d'elle la permission de faire des recherches dans l'intérieur du

couvent. Notre collègue, M. Destors, membre de notre commission et architecte de cet établissement religieux, en obtint
l'autorisation. Mais les événements politiques qui suivirent ne
permirent pas d'en profiter à cette époque.

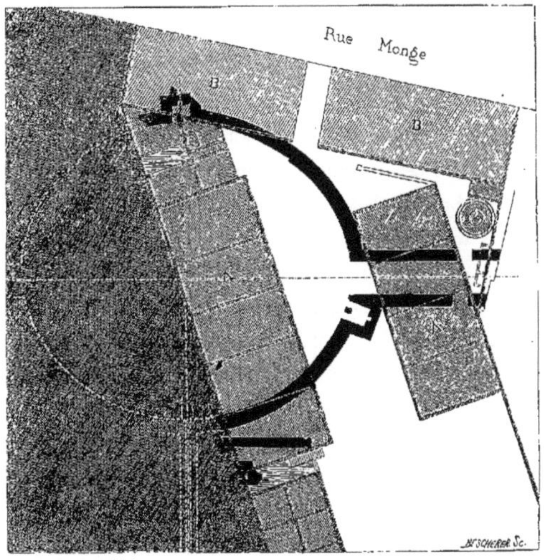

Fig. 1. — A A, Écuries et Magasins. — B B, Maisons à construire.

Enfin, nous fûmes chargé de nous mettre en rapport avec
M. Noisette, architecte de la Compagnie générale des omnibus,
pour le prier de vouloir bien communiquer à la commission
les plans des constructions projetées. Nous rencontrâmes, dans
cet architecte, une grande complaisance en ce qui concernait les
désirs de la commission. M. Noisette nous adressa le plan joint
au dossier qui indique le projet de magasins qu'il devait exé-
cuter et dont voici (fig. 1) une réduction.

Malheureusement, par suite des nivellements commandés par l'état du sol de la rue Monge, il fut obligé de déraser le mur du *podium* sur une hauteur moyenne d'environ un mètre, et les fondations des constructions nouvelles vinrent encore détruire quelques autres parties des murs antiques à une plus grande profondeur, de sorte que le côté des Arènes, déblayé en 1870, a, sinon été détruit, au moins a beaucoup souffert des dispositions prises pour l'établissement des remises de voitures. Tout ce qui en reste a été enseveli de nouveau sous un remblai général.

Avant que ces travaux de remblai eussent lieu, il fut encore décidé qu'une lettre serait adressée à M. Read, chef du bureau des travaux historiques de la ville, pour demander à la ville de Paris de vouloir bien coopérer à la dépense de quelques fouilles projetées par la commission. M. Baltard, son président, avait consenti à faire les démarches nécessaires pour obtenir du préfet une somme de 3,000 francs qui paraissait indispensable pour cet objet. Cependant les intérêts financiers de la Compagnie des omnibus la forcèrent à poursuivre les travaux de ses magasins sans se préoccuper davantage de la conservation des Arènes. D'ailleurs, la reconstruction du mur mitoyen avec le couvent des Dames de Jésus-Christ, exécutée plus tard, ne donna lieu à aucune autre découverte intéressante. Puis la fatale guerre de 1870 ayant éclaté, les travaux que projetait la commission furent suspendus. C'est depuis trois mois seulement que diverses recherches ont été entreprises; nous en rendrons compte plus loin.

On n'avait retrouvé, avons-nous dit, avant 1869, aucune trace des Arènes, mais on n'ignorait pas que Lutèce en eût possédé; seulement on ne sait, d'une manière précise, à quelle époque ni par qui elles furent construites. Les plus anciennes monnaies qu'on ait trouvées dans le sol primitif sont gauloises et antérieures à la domination romaine ; les plus récentes appartiennent aux règnes de Constantin II, Julien II et Gratien.

Dans le sol primitif, on trouva encore des squelettes humains en assez grand nombre, quelques objets de bronze et d'ivoire, des bijoux, des poteries, etc., dont il va être question.

Si, bien qu'à regret, nous ne pouvons rien dire de l'antique splendeur de cet édifice, nous savons qu'il fut dévasté au moment de l'invasion générale de la Gaule par les Barbares, en 406 ; la défense de Lutèce exigea même, a-t-on dit, qu'il fût en partie détruit pour y établir des murs et des fossés.

Le texte le plus ancien, où d'une manière générale il soit question de cirques à Paris, est celui de Grégoire de Tours :

« Les deux rois, dit-il, Gontran et Childebert, depeschèrent des envoyés au roi Chilpéric afin qu'il leur rendît ce qu'il avait usurpé de leurs royaumes ou, en cas de refus, qu'il se préparât à la guerre. Mais lui, sans égard pour ce message, se mit à faire bâtir, à Soissons et à Paris, des cirques où il donna des spectacles au peuple[1]. »

Adrien de Valois parle à ce sujet d'une manière plus explicite. Voici ce qu'il dit : « Lutèce, qui, pendant la domination des Romains dans la Gaule, était une ville de peu d'importance, comprise dans une petite île de la Seine, eut un amphithéâtre. Je l'apprends dans un cartulaire manuscrit de l'église de Paris, qui finit en 1310 et commence de la sorte : *Table des titres et priviléges des papes et des rois concernant l'épiscopat de Paris.* Là, dans les titres de deux assemblées officiales des

---

1. Quod ille (Chilpericus) despiciens, apud Suessionas atque Parisius circos ædificare præcepit ; eosque populis spectaculum præbens. — *Recueil de Dom Bouquet,* t. II, p. 243 ; Grégoire de Tours, *Hist.,* liv. V, chap. xviii.

archidiacres parisiens, donnés en 1284 et intitulés : *Charte sur l'amortissement du fief des Rosiers qui appartient aux écoles de Sorbonne,* là, dis-je, il est longuement question de trois quartiers de vignes situés à l'endroit appelé « les Arcinnes » devant Saint-Victor. D'où il ressort que, lorsque l'empire romain florissait, l'amphithéâtre de Lutèce fut bâti loin de l'île et, selon la coutume, loin des murs de la ville, vis-à-vis de l'endroit où beaucoup plus tard on construisit l'église de Saint-Victor, martyr ; et que, lorsque l'amphithéâtre, détruit naguère, fut remplacé par des vignobles, son emplacement, — et c'est ce qui prouve bien son existence, — continua de s'appeler les *Arènes* pendant quatre cents ans. Paris eut également un cirque, comme Soissons. Les deux édifices furent, à mon avis, restaurés et non bâtis, comme le prétend Grégoire de Tours, par Chilpéric, roi des Francs, petit-fils de Clovis[1]. » Telle est l'opinion d'Adrien de Valois.

1. Lutecia ipsa quæ dominantibus in Gallia Romanis parva urbs erat, in exigua insula fluminis Sequanæ posita, *amphitheatrum* habuit; quod me docet Chartularium ms. ecclesiæ Parisiacæ in anno MCCCX desinens, ac ità incipiens : *Hæ sunt rubricæ litterarum et privilegiorum Papalium et regalium pertinentium ad Episcopatum Parisiensem.* Ibi in litteris duorum officialium curiarium Archidiaconorum Parisiensium, datis anno MCCXXCIV, quæ inscribuntur *Charta super admortisatione terræ feodalis de Roseriis, quam tenent Scholares de Sorbona :* ibi, inquam, diserte memorantur *tria quarteria vineæ sita in loco qui dicitur* « LES ARCINNES » *ante sanctum Victorem.* Ex quo intelligitur, florente Imperio Romano, amphitheatrum Lutetiæ procul ab Insula, procul a muris Civitatis ex more fuisse, adversum loco in quo multo post condita est basilica S. Victoris, mart. : et cùm vineta in locum Amphitheatri pridem diruti successissent, tamen nihilominus *Arenarum* appellationem ibi ante annos quadringentos, certissimum rei argumentum ad hùc duravisse. Fuit quoque Parisiorum Circus, sicuti Augustæ Suessionum : quos ambos circos refecisse mihi videtur Rex Francorum Chilpericus, Chlodovei magni nepos, non (ut ait Gregorius) ædificasse. — Adrien de Valois, *Préface,* p. 16.

Il y aurait donc eu à Lutèce un amphithéâtre et un cirque. Une confusion qui a pour conséquence de ne supposer dans ces diverses destinations qu'un seul et même monument, semble s'être produite à ce sujet dans des discussions récentes, ce qui est certainement erroné. On ne sait quel était l'emplacement du cirque.

L'amphithéâtre de Chilpéric aurait pu être placé sur les ruines des Arènes. Le rapport du président de la Société française de Numismatique et d'Archéologie, du 5 mai 1870, expose que cette Société aurait constaté d'une manière indiscutable que sur le remblai fait par Chilpéric « on avait établi des banquettes de terre ; que le sol inférieur à cette restauration ne contenait que des fragments romains de la basse époque ; que le nouveau cirque était entouré de gradins et de constructions en bois ; qu'un incendie a changé ces constructions en une couche de cendres, etc. »

Nous pensons que l'affirmation relative aux *banquettes de terre* de Chilpéric est beaucoup trop absolue ; que d'une part les fouilles n'ont rien présenté de certain à cet égard, et d'un autre côté qu'il est difficile d'admettre l'idée d'une construction de ce genre.

Les secondes Arènes subirent donc à leur tour le sort des premières. On remarque, en effet, dans une pièce de vers d'un poëte du XIIe siècle, Alexandre Neckham, né à Saint-Alban, et qui professait à Paris vers 1180, qu'il existait à cette époque des ruines considérables d'un amphithéâtre romain consacré à Vénus, détruit, dit-il, par la foi des chrétiens, et que près de ces ruines s'élevait la maison de saint Victor[1].

---

1.   Indicat et circi descriptio magna theatrum
         Cipridis ; illud idem vasta ruina docet ;

De nouvelles transformations s'opérèrent plus tard sur ce point intéressant de la ville : Philippe-Auguste fit creuser les fossés de la nouvelle enceinte vers le haut du coteau, près de l'église Sainte-Geneviève, et les déblais furent jetés à l'est, sur le bas du versant, de façon à faire disparaître toute trace du monument antique. De sorte qu'au XIIIe siècle, il n'y avait plus là que des champs de vigne, et le lieu conserva longtemps après, nous l'avons vu, le nom de *Clos des Arènes*.

Dans la coupe du terrain, on a constaté l'existence d'une couche épaisse de terre blanche, provenant sans doute des fossés de l'enceinte de Philippe - Auguste, et celle du sol végétal où étaient cultivées les vignes. Et enfin on y a aussi découvert, dans les remblais supérieurs, un cimetière datant du XVIIe siècle, qui avait été une dépendance de l'hospice de la Pitié [1].

Tels sont les renseignements peu nombreux et peu concluants que nous offre l'histoire en ce qui concerne les Arènes de Paris.

> Diruit illud opus fidei devotio; sancti
> Victoris prope stat relligiosa domus.

(*Liber magistri Alexandri, canonici Cyrecestrie, qui inscribitur* LAUS SAPIENTIÆ DIVINÆ). — Communication de M. L. Delisle à la Société des antiquaires de France; Bulletin de cette Société, 1858, p. 152.

1. Vis-à-vis cette abbaye (Saint-Victor), et dans l'espace qui se trouve entre les rues Neuve-Saint-Étienne, des Fossés-Saint-Victor et des Boulangers, était le clos Saint-Victor, autrement dit le *Clos des Arènes;* c'était là que, du temps des Romains et de nos rois de la première race, étaient les arènes et l'amphithéâtre dont j'aurai occasion de parler ailleurs. Le cimetière de la Pitié fut placé à cet endroit en 1641; auparavant, ceux qui mouraient dans cet hôpital étaient enterrés dans le cimetière Saint-Médard. — Jaillot, *Recherches sur la ville de Paris,* t. IV, p. 169.

Il nous reste à examiner et à décrire ce qui peut intéresser l'art proprement dit.

Le sol de cette partie du *Mons Locoticius*, d'après l'opinion de M. Jollois, émise dans ses *Mémoires sur les antiquités romaines et gallo-romaines de Paris, 1843*, était naturellement disposé comme tous ceux où, suivant les usages constants de la Gaule, on établissait des arènes.

M. Jollois s'exprime ainsi: « La voie romaine, qui est située le plus à l'est de Paris, paraît avoir été pratiquée pour conduire à la plaine d'Ivry. Elle s'embranchait probablement sur la voie romaine de *Genabum*, à l'origine de la rue Galande, passait sur la place Maubert et gagnait la rue Saint-Victor, qu'elle suivait dans toute son étendue. Là, elle passait au devant des arènes, qui avaient été adossées, pour ainsi dire, au *Mons Locoticius*, aujourd'hui la montagne Sainte-Geneviève... D'ailleurs, il est tout à fait digne de remarque que les Gallo-Romains, dans le choix qu'ils ont fait de l'emplacement destiné aux Arènes de Lutèce, se sont entièrement conformés à leurs usages constants dans toute la Gaule, c'est-à-dire qu'ils ont adossé ces arènes à une montagne. C'est une observation générale que nous avons vérifiée nous-même dans une foule de circonstances, notamment dans le département du Loiret, où nous avons reconnu les Arènes de *Chennevière* (*Aquis Segeste*), celles de *Bonnée* (*Belca*), celles d'une ville antique située à 2,400 mètres de *Sceaux*, vers Sens (*Agendicum*), où nous reconnaissons la position de l'ancien *Vellaunodunum*, des Commentaires de César, et enfin les Arènes ou l'amphithéâtre d'Orléans (*Genabum*), adossé au coteau qui domine la Loire, à l'est de la ville. »

L'emplacement des Arènes de Paris était donc parfaitement connu depuis longtemps, ainsi que son adossement à la montagne Sainte-Geneviève. Une édition de l'*Histoire physique, civile et morale de Paris,* par J.-A. Dulaure, publiée avec atlas en 1842, indique le plan en masse des arènes, mais leur forme étant alors inconnue, le périmètre en a été tracé par une courbe circulaire.

Antérieurement aux études de la commission de la Société centrale, des plans des substructions avaient été relevés exactement par le service de la Ville, et des calques de ces plans nous avaient été remis. Un autre travail graphique, dessiné par MM. Duval et Coinchon, nous fut également communiqué par M. Ch. Read. Tous ces documents ont disparu dans l'incendie de l'Hôtel de Ville. C'est au moyen de ces éléments cependant, dont nous avions conservé des calques, que nous avons pu dresser le plan et la coupe (pl. II-III) et rechercher le système géométrique du tracé primitif qui offre une particularité remarquable. A B du plan est l'axe des entrées de l'arène; E F le grand axe de l'arène; C D le petit axe; G H les foyers de la partie elliptique I E C F L adossée au coteau, et K le centre d'un segment de cercle I D L fermant la courbe du côté du versant inférieur. On remarquera que cette dernière courbe est plus aplatie que la première. En M et N se trouve la fondation de divers murs parallèles au grand axe, dont l'un, au point N, est occupé par un reste de niche sur lequel nous avons vu des traces de peintures.

Il semble résulter de cette disposition générale qu'une partie seulement de l'arène aurait été entourée de gradins du côté le plus élevé du coteau, tandis que le côté opposé pouvait être occupé par un théâtre ayant motivé l'aplatissement de la courbe que nous avons signalée afin de rapprocher davantage la scène des gradins. Le fond de celle-ci pouvait être ouvert du côté de la campagne, à cause de la déclivité du mont, comme dans certains théâtres antiques, et laisser jouir ainsi les spectateurs d'une vue très-étendue.

Le mur en maçonnerie, teinté en noir sur notre plan, est le *podium*. On remarquera une double ligne intérieure à cette enceinte, qui représente la trace d'un socle, dont quelques pierres sont encore en place aux points *C F* et *P* (pl. II-III) ; quelques trous de scellement s'y aperçoivent (voir les détails au-dessous). On a pensé avec raison qu'une autre enceinte en bois, concentrique au *podium,* avait pu être posée sur ce socle, et placée ou enlevée à volonté, suivant le mode de spectacle adopté.

Dans le cas où l'on établissait ce chemin de ronde, dont la largeur était d'environ 1ᵐ50, on pouvait communiquer de l'extérieur de l'amphithéâtre aux *cellœ* pratiquées sous les gradins, sans passer dans l'arène. Autour de ce socle, du côté de l'arène, on aurait découvert une sorte de fossé qui était destiné sans doute à recevoir les eaux pluviales, comme celui qui existe au théâtre de *Lillebonne,* où se trouve encore le puisard par lequel les eaux s'écoulaient ; ce petit fossé n'avait pas une importance suffisante pour avoir été ce que l'on appelait *euripus.*

Dans la partie découverte en 1870, qui laissait voir, nous l'avons dit, la moitié environ de l'édifice, en prenant le petit axe comme ligne séparative de cette moitié, le mur du *podium* existait en entier. Les portes d'entrée de l'arène étaient placées, suivant l'usage, à l'extrémité du grand axe. En entrant par la porte F, on trouvait à gauche une sorte de loge ou *cella ;* il devait s'en trouver une autre près de la porte opposée, en I ; une troisième existe près le mur du couvent des *Dames de Jésus-Christ,* à l'extrémité ouest du petit axe, en C, de sorte que trois *cellœ* étaient sans doute établies dans le mur du *podium.*

Les deux entrées de chacune de ces *cellœ* sont séparées par un pilier carré ; dans le mur du fond, on remarque un vide où l'imagination des archéologues s'est plu à retrouver une niche destinée à des statues de dieux. Il était aisé de voir cependant que ce vide avait été rempli en pierre et que le moellon du mur avait été bloqué contre ce remplissage. On peut ajouter qu'il y avait là tout simplement un corbeau devant répéter celui qu'avait dû recevoir le pilier, et qu'une architrave réunissait les corbeaux afin que l'on pût poser sur elle et sur les murs latéraux une série de pierres d'égale longueur composant le plafond de la *cella*.

Ces sortes de loges pouvaient servir de refuge aux lutteurs aussi bien que de *carceres* pour les animaux.

La pierre de taille a été employée avec économie dans cette construction. Si on en retrouve très-peu dans les fouilles, c'est qu'elle aura été utilisée sans doute pour d'autres besoins, après l'abandon des lieux, ainsi que cela est souvent arrivé dans les anciens édifices. Les murs du *podium*, qui avaient encore sur plusieurs points une hauteur de deux mètres quatre-vingts centimètres, sont formés d'un petit appareil en moellon piqué, de vingt centimètres de longueur sur treize de hauteur, rappelant celui des Thermes de Julien l'Apostat et de l'aqueduc d'Arcueil. Quelques archéologues n'ayant pas remarqué aux arènes des rangs de briques alternés comme ceux qu'on voit aux Thermes de Julien, ont voulu en tirer cette conséquence que les arènes leur étaient très-antérieures. Nous ne comprendrions, dans aucun cas, qu'il y eût dans le mur relativement peu élevé d'un *podium* des rangs de briques comme ceux qui, dans les murs romains d'une grande hauteur, sont destinés à relier des blocages et des maçonneries de petit appareil.

Quant au mortier, il est suffisamment résistant et présente cependant quelques imperfections, principalement en ce qui concerne sa trituration. Dans une petite brochure sur *les Arènes de la rue Monge et les mortiers romains*, publiée en 1870,

M. Stanislas Ferrand donne de ces mortiers la composition chimique que voici :

Sable et gravier..................	32.
Chaux......................	58.
Silice	4.50
Alumine......................	4.00
Argile cuite et broyée............	1.50
Total.................	100.00

Il ajoute « que le sable est employé sans avoir été passé à la claie, tel qu'il sort du fleuve. La chaux, grasse, n'est pas broyée. Ici et là se présentent de volumineuses parties sans aucun mélange de sable ou de matières hydrauliques. Au contact de l'eau, elle se détrempe et se réduit en pâte molle. Le mortier se pulvérise comme un morceau de terre séchée au soleil ».

Et M. Ferrand pense que « si les mortiers romains, qu'il croit en général de qualité très-inférieure, ont pu se conserver pendant un aussi long temps et sont encore si solides, cela tient à une cause unique, le *système de bâtir des Romains* », qui consistait à faire des murs très-épais, composés de matériaux mauvais conducteurs des fluides atmosphériques, et non accessibles aux variations de la température.

Sans vouloir contredire ici l'auteur de la brochure qui, en principe, nous semble être dans le vrai, nous dirons que les échantillons de mortier que nous avons recueillis dans les murs du *podium* étaient moins défectueux que ceux dont il donne l'analyse [1].

----

1. Nous avons fait analyser, par le laboratoire de l'École des mines, du mortier ayant servi à construire l'égout mis à découvert par nos nouvelles

Si, d'après tout ce qui précède, on voulait assigner une date de fondation à l'amphithéâtre de Lutèce, on pourrait supposer qu'il remonte au IIIe ou au IVe siècle. C'est ce qui paraît résulter de sa construction.

Quelques fragments provenant de la décoration ont été retrouvés. La planche IV (fig. 1 et 2) représente le plan et l'élévation d'un chapiteau dorique qui pouvait appartenir à l'ordre de la galerie supérieure de l'amphithéâtre; en effet, la doucine portant le tailloir est très-aplatie et *plafonne* comme si elle avait toujours dû être vue par-dessous; des feuilles d'eau la décorent; le fût de la colonne est garni d'écailles ou feuilles renversées, comme on en voit un grand nombre d'exemples dans les monuments gallo-romains. Deux de ces chapiteaux ont été recueillis dans les magasins de la ville avec d'autres fragments, tels que des moulures (pl. IV, fig. 3 et 4); l'astragale d'un chapiteau plus grand que les précédents (fig. 5); une corniche composée de talons et de doucines, d'un profil original et d'une grande saillie relative (fig. 6); des pierres provenant des banquettes de l'amphithéâtre sur lesquelles sont gravés quelques caractères mal faits dont on trouvera à la suite de

fouilles. Cette expérience, qui a donné le résultat suivant, fait voir que là on avait employé un mortier beaucoup moins gras qu'au *podium* :

Sable.	75. »
Silice combinée	5. »
Alumine.. . . ·	Traces.
Protoxyde de fer.	2. »
Chaux	9.30
Magnésie	Traces.
Eau	2. »
Acide carbonique	7. »
Total.	100.30

ce rapport l'explication qu'en a donnée **M.** Adrien de Long-périer, etc.

Tous ces ornements d'architecture semblent appartenir à la basse époque. Si donc l'on veut admettre que l'amphithéâtre remonte à l'époque gauloise, il a dû être d'abord bâti en bois, et il faut reconnaître en même temps qu'il a été restauré, sinon reconstruit, pendant la domination romaine et sous les derniers empereurs.

A environ 60 centimètres en contre-bas du sol de l'arène, encore garni du sable traditionnel, et vers le milieu, on a trouvé un squelette de grande taille; sa tête, a-t-on dit, repo-sait sur quelques pierres et sur un vase très-bien conservé dont nous avons fait un dessin (pl. IV, fig. 7); il est de terre cuite jaunâtre, les ornements seuls sont peints et d'un ton rouge. On le croit d'origine germaine; quelques personnes ayant contesté qu'il ait été trouvé en ce lieu, nous ne le don-nons ici qu'à titre de renseignement. Cette découverte engagea à continuer les fouilles, et à peu près à la même profondeur et plus loin, on rencontra plusieurs groupes de squelettes de taille moyenne : quelques-uns d'entre eux étaient placés *tête-bêche* et dans des poses particulières qui ont fait supposer des inhuma-tions précipitées : ce qui paraît probable. On a même été jusqu'à dire que l'on avait devant soi des restes d'êtres enterrés vivants; nous croyons que l'absence de cercueils et le poids seul des terres, dont le tassement a été inégal, ont causé la déformation de ces squelettes; ce qui leur donne, il est vrai, l'aspect de misérables morts dans d'affreuses convulsions. On en a conservé des moulages qui sont déposés à l'hôtel Carnavalet.

Un très-joli vase, brisé, de terre noire, sans peintures (pl. IV, fig. 8); des épingles en ivoire, tournées (fig. 9), un collier de femme en verroterie, etc..., ont encore été découverts dans la partie la plus basse des remblais. Pour la nomenclature plus détaillée des objets trouvés nous renvoyons au rapport de M. Ponton d'Amécourt du 5 juillet 1870. Enfin une tête de marbre (fig. 10), ressemblant à un Titus enfant, a été également retrouvée en dehors de l'*area* du côté du nord; elle appartient à notre confrère M. Destors, qui a bien voulu nous la communiquer [1].

C'est ici que nous rendrons compte du résultat des dernières recherches faites aux Arènes en avril et mai 1872 par la commission de la Société centrale des architectes. Malgré la très-grande gêne que ces travaux ont occasionnée dans le couvent des Dames de Jésus-Christ, ils furent autorisés de la façon la plus gracieuse par la supérieure, Mme Anjorrand, conseillée par notre confrère M. Destors. Nous leur en adressons ici tous nos remerciements.

Des fonds furent votés par le conseil de la Société, et nous fîmes faire à l'emplacement de la scène cinq puits communiquant entre eux au moyen de galeries souterraines.

Ces travaux ont amené quelques découvertes dont on voit le résultat sur notre plan (pl. II-III.). Après avoir constaté, sur différents points, l'existence ou la suppression partielle du prolongement des murs droits mis à nu dans le terrain des omnibus et dont il a déjà été question, nous avons trouvé, sous le jardin du couvent, suivant le petit axe même de l'arène, au-dessous de la scène, et se dirigeant vers le bas de la colline, une galerie ou égout jusqu'alors inconnu et très-bien conservé; nous l'avons fait déblayer sur une longueur d'environ 22 mètres à partir du *podium;* il contenait des terres vaseuses vraisemblablement

---

1. Nous devons le dessin de cette tête à l'obligeance de M. Hubert Potier.

déposées par les eaux; la construction des grands réservoirs de l'Ourcq, situés rue Saint-Victor, a dû amener la destruction du surplus de la longueur de cet égout. Les murs sont en moellon de petit appareil assez grossièrement taillé; la voûte, plein-cintre, de 0^m.55 d'épaisseur, a été construite en moellon brut à bain de mortier, sur des couchis mal ajustés qui ont laissé leurs traces sur le mortier de l'intrados. Le sol, ou radier, en maçonnerie, de 0^m.18 d'épaisseur, a une inclinaison de 0^m.02 par mètre. La largeur est de 0^m.75 et la hauteur sous clef, au droit du puits, de 1^m.55. Nul doute que cet égout ait été destiné à recueillir toutes les eaux pluviales provenant de l'amphithéâtre pour les conduire dans le bas de la vallée. En creusant les différents puits on n'a rencontré que des débris de tuiles et d'ossements d'animaux.

Nous n'avons pas retrouvé la niche qui a dû exister au sud du petit axe et devait répéter celle du nord; elle aura été détruite; il n'y a plus là que des remblais. Dans les puits *3* et *5* nous avons rencontré le prolongement du mur M et du *podium*.

Nous compléterons les renseignements qui précèdent en donnant des mesures générales : le grand axe de l'arène, mesuré entre les parois du *podium*, serait d'environ 54 mètres, et le petit axe d'environ 47 mètres. Afin que l'on puisse comparer ces dimensions avec celles d'autres amphithéâtres connus, nous indiquons ci-dessous les mesures des arènes de quelques-uns de ces monuments, en commençant par les moins considérables.

1° Amphithéâtre de Cimiers, près Nice, 45^m. × 35^m.

2°   — étrusque de Sutri, 49^m.20 × 40^m.15.

3° Arènes de Paris, 54^m. × 47^m.

4°   — de Nîmes, 67^m. × 37^m.

5° Amphithéâtre de Valognes, 68^m. × 36^m.60.

6° Amphithéâtre d'Arles, 69^m.66 $\times$ 39^m.70.

7° — de Lisieux, 70^m. $\times$ 50^m.

8° — de Pola, 71^m. $\times$ 43^m.

9° — de Bordeaux, 77^m. $\times$ 55^m.

10° — de Saintes, 82^m. $\times$ 56^m·

11° Colisée, 86^m.40 $\times$ 53^m.50.

Enfin nous donnons ci-dessous, d'après l'annuaire historique de la Société de l'histoire de France (année 1840), la liste des théâtres, amphithéâtres et cirques romains dont il existe des vestiges en France[1]. En se reportant à cet annuaire on trouvera l'indication des principaux ouvrages où ces monuments sont décrits.

On voit, d'une part, que les Arènes de Paris ne sont que d'une étendue moyenne s'il s'agit d'un amphithéâtre, mais assez vastes au contraire s'il s'agit d'un théâtre; et, d'autre part, qu'elles sont d'une forme moins oblongue que celle des plus grands amphithéâtres romains, ce qui tient probablement à leurs moindres dimensions relatives, comme à leur double destination.

Avant de conclure, nous ferons remarquer que cette particularité de l'existence de murs parallèles au grand axe du côté inférieur de la colline, ne semble peut-être pas avoir suffisamment exercé l'esprit investigateur et souvent si juste des archéo-

1. Agen, Angers, Antibes, Arles, Autun, Bavay, Bayeux, Beauvais, Besançon, Béziers, Bonnée, Bordeaux, Bourges, Cahors, Chennevière, Cimiers, Dôle, Doné, Drevant, Fréjus, Gran, Langres, Levroux, Lillebonne, Limoges, Lisieux, Locmariaker, Lyon, Mandeure, Le Mans, Marseille, Metz, Moyrans, Narbonne, Néris, Nîmes, Orange, Orléans, Paris, Périgueux, Poitiers, Reims, Rhodez, Saint-Bernard, Saint-Michel de Touch, Saintes, Saumur, Sceaux (Loiret), Soissons, Tintiniac, Vaison, Valognes, Vieil-Évreux, Vienne.

logues. Il en est même, comme M. Ponton d'Amécourt, qui n'y voient, à l'intérieur, qu'un amphithéâtre complet comme ceux de Nîmes ou d'Arles. Il pense que des précinctions étaient construites à l'est comme à l'ouest; que les murs droits parallèles M et N du plan formaient « une galerie ou couloir conduisant à des loges et passant sous les précinctions; et que ce couloir, ces loges et le remblai, supportaient les gradins du côté de la vallée ». Il y a d'abord dans l'application de cette idée, au point de vue de la construction et des porte-à-faux qui en résulteraient, quelque chose de matériellement impraticable qui nous empêche de l'adopter. D'un autre côté la niche placée dans le second mur N et ces murs eux-mêmes reposent sur un sol, correspondant à peu près comme niveau, au sommet du *podium,* et l'on y remarquait des peintures; comment alors supposer que ces murs formaient un couloir souterrain? Nous croyons ne pas devoir accepter cette supposition.

Voici d'ailleurs un côté de l'arène occupé par des dispositions n'ayant aucun rapport avec des précinctions, mais qui rappellent au contraire la scène des théâtres romains. Si nous jetons un coup d'œil sur certaines constructions antiques, nous voyons que, dans le nord de la Gaule, on éleva en plusieurs circonstances des *théâtres mixtes* servant aux représentations scéniques aussi bien que d'arènes pour les combattants.

Lorsqu'au IIe siècle l'empereur Adrien visita les Gaules, il fit édifier des théâtres dans les villes qui n'en possédaient pas encore. Ils furent vraisemblablement destinés aux pantomimes et à la lutte[1]. Si l'on songe aussi à la différence des idiomes dans les divers pays qui composaient alors l'empire romain, on verra combien il devait être difficile aux peuples de nos contrées de saisir

---

1. *Antiquités monumentales,* par M. de Caumont.

les beautés et les finesses des chefs-d'œuvre de la langue latine, et soit par ignorance, soit par suite d'un goût inné chez ces peuples, les spectacles à grand effet aussi bien que les pantomimes devaient avoir un grand succès. Certains savants prétendent même que jamais une pièce latine ne fut représentée sur les théâtres de la Gaule.

Il est aisé, en suivant ainsi la marche des choses, d'arriver à l'idée du *théâtre mixte* qui avait encore l'avantage d'être moins coûteux, puisque les villes qui ne pouvaient faire de grands sacrifices, c'est-à-dire avoir un théâtre et un amphi-théâtre séparés (et Lutèce avait déjà un cirque), possédaient de la sorte un même édifice remplissant un double objet.

Le théâtre de Lillebonne (Seine-Inférieure), encore debout, a son orchestre (*pulpitum*) sur plan elliptique; une petite partie seulement de sa surface, du côté opposé aux gra-dins, est retranchée et coupée par le mur de la scène. Cet orchestre peut être considéré comme une arène. Quelquefois les orchestres étaient aussi vastes que des arènes puisqu'ils servaient aux mêmes jeux. M. de Caumont cite aussi l'amphi-théâtre de Lisieux dont il donne une figure[1] et qu'il appelle un *théâtre mixte;* cela ne semble peut-être pas suffisamment démontré. « Cet édifice, dit-il aussi, est placé entre deux collines séparées par un cours d'eau qui le traverse suivant son grand axe, de sorte que l'arène est elle-même coupée en deux parties, et que, suivant les circonstances, elle pouvait être transformée en *naumachie.* » Dans d'autres cas, l'un des côtés de cette arène aurait pu recevoir une sorte de scène construite en bois et qui était séparée des spectateurs par la rivière et l'autre partie de l'ellipse. Nous voyons encore dans les *Antiquités monumentales*

---

1. Ouvrage cité, p. 442-445.

(page 447) le théâtre mixte de Valognes, dont l'arène est presque circulaire, et dans l'ouvrage de M. Haze[1], le *Théâtre de Drevant* (Cher), qui a été considéré comme mixte à cause sans doute de la grande profondeur du *pulpitum* et de ses entrées latérales qui sont relativement éloignées de la scène.

Rappelons-nous en définitive que le génie des populations gallo-romaines savait profiter des dispositions locales et donner satisfaction à l'art et aux besoins du moment, de façons très-diverses.

En nous résumant, nous ferons à notre tour une hypothèse.

Pour établir l'amphithéâtre sur le *mons Locoticius,* on avait construit, vers la partie la plus élevée de la colline, des gradins entourés d'un portique ou galerie supérieure. Au bas de ces gradins se trouvait, suivant une forme courbe, mais d'un tracé particulier, un espace horizontal, ovale, une arène en un mot, conformément aux dispositions générales des amphithéâtres, et, sur le bas du versant, on fit une véritable scène comme celles que nous remarquons dans les théâtres romains; parfois la foule venait sans doute occuper l'arène, devenue momentanément inutile aux jeux, elle assistait alors debout aux représentations scèniques, d'où sera resté le nom de parterre et l'usage qui s'est perpétué en France jusque il y a peu d'années, et c'est encore souvent ainsi en Italie, de laisser au parterre les spectateurs debout; de sorte que l'amphithéâtre de Lutèce, d'après tout ce qui précède, aurait été un véritable *théâtre mixte.* Et il faut noter deux faits très-intéressants, c'est qu'il diffère de ceux qui sont connus, en ce que *la scène est franchement indépendante de l'arène,* et que *la courbe de celle-ci présente un aplatissement du côté de la scène,* particularités qui doivent grande-

1. *Antiquités du Berry,* page 441.

ment attirer l'attention des savants : ce plan antique, en effet, nous paraît être unique.

Lorsque vers 1825 on construisit sur le boulevard Beaumarchais le théâtre de *Franconi* ou *Cirque olympique*, on disposa, entre la scène et les spectateurs, un manége destiné à des exercices équestres. Des planchers inclinés en pente douce réunissaient au besoin ces diverses parties : la cavalerie, l'artillerie même, descendaient dans la nouvelle arène avec la plus grande facilité, de sorte qu'à un moment donné scène et arène ne formaient plus qu'un même ensemble. N'y a-t-il pas un rapprochement à faire entre cette disposition et celle adoptée aux arènes? D'ailleurs l'ancienne Lutèce avait à satisfaire aux besoins d'un peuple qui nous a transmis son sang; faudrait-il donc s'étonner de voir surgir une même idée, sur le même sol, seize siècles plus tard?

Pendant le règne de Napoléon III, où l'on fit, à Paris, tant de percements, de parcs, de squares, il semblerait que l'administration eût dû saisir cette occasion de la découverte des Arènes de Lutèce pour y créer une promenade publique, belle par son originalité, son caractère et ses souvenirs. Mais cette découverte avait trop tardé : le bois de Boulogne était grandement modifié et embelli; le parc des Buttes-Chaumont, venait d'être créé; l'aplanissement du Trocadéro, jadis si pittoresque, et remarquable seulement peut-être aujourd'hui par le grand cube de terre qu'à grands frais il a fallu déplacer; tous les autres squares et promenades publiques, où l'on voit de charmantes décorations dues à l'un des membres les plus actifs de notre Société[1]; tout cela avait coûté des millions. D'ailleurs, disait-on,

[1] M. G. Davioud, secrétaire principal de la Société.

en quoi les vieux murs des Arènes, sans architecture, pourraient-
ils intéresser le public? Comment préserver ces vieilles maçonneries des intempéries? Non-seulement on ne voulait rien faire
pour les conserver, mais on alla jusqu'à demander leur destruction comme pour faire équilibre au trop grand zèle de quelques-
uns de leurs défenseurs.

On ne songeait pas évidemment que la question n'était pas
étudiée, qu'avant de condamner les Arènes, et d'en détruire la
moitié, il aurait au moins fallu connaître l'autre partie qui ne
l'est encore aujourd'hui que très-imparfaitement et qui est peut-
être, du côté des gradins, beaucoup plus complète que ne l'était
la première. Mais aussi il aurait fallu exproprier, ainsi qu'on
l'avait proposé. Et si l'on n'avait rien trouvé, ce qui semble
impossible, n'aurait-on pu vendre les terrains achetés? La Ville
de Paris n'a-t-elle pas fait souvent des opérations de ce genre?

Où donc ont été les principaux obstacles? Est-ce dans
l'indifférence de l'Administration? Est-ce dans l'excès de certaines passions qui s'exagéraient d'avance des résultats désirés
et encore problématiques? Est-ce dans l'insuffisance des moyens
financiers? N'est-ce pas enfin dans le concours de toutes ces
circonstances?

Cependant en cherchant à déblayer complétement les Arènes
on aurait donné satisfaction à l'art, à la science et au public
éclairé dont nous avons fait connaître les sympathies pour
notre histoire nationale. Il est fort à craindre que lorsque nos
neveux retrouveront la partie restée inconnue du *Clos des
Arènes,* ils viennent à regretter la faute commise en 1870.

NOTE.

Depuis que ce rapport a été rédigé, il a paru dans le *Journal des Savants* (octobre 1873) un très-remarquable travail de M. Adrien de Longpérier, qui a pour titre : *Les pierres écrites des arènes de Lutèce*. L'auteur y étudie les fragments d'inscriptions gravées qui proviennent de l'ancien édifice, et sur l'avis de la Commission d'Archéologie de la Société [1], nous en extrayons les passages suivants qu'il nous a paru intéressant de porter à la connaissance de nos lecteurs.

R. R.

« … L'examen attentif des grandes pierres qui composaient les constructions curvilignes, et qui, en 1870. ont été enlevées et conservées pour le musée municipal, permet de constater que, pendant le moyen âge, les Parisiens vinrent arracher à leurs arènes des matériaux tout préparés, qu'ils transportaient à une assez grande distance. C'est ainsi qu'à Rome des palais ont été construits, avec les solides matériaux que, durant plusieurs siècles, on a tirés du Colisée comme d'une carrière à ciel ouvert.

---

1. Cette commission est ainsi composée : MM. Bailly, *président ;* L. Leguay, *rapporteur ;* Abadie, Bosc, Corroyer, César Daly, Daumet, Guillaume, Lachèz, Ch. Lucas, Eug. Millet, Ch. Morin, Péron, L. Renaud, Ruprich‑Robert et Clémancet, *secrétaire.*

« En 1847, lorsqu'on nivela la place du Parvis-Notre-Dame, on trouva, parmi divers débris antiques, douze grosses pierres qui furent, à cause des inscriptions dont elles étaient chargées, transportées au musée des Thermes. Ces pierres comparées avec celles que nous avons vues encore en place dans l'amphitéâtre des terrains de Saint-Victor, présentent une identité complète, soit pour la matière, soit pour les dimensions, le travail de la taille, et, de plus, les inscriptions qu'elles portent les unes et les autres, sont tracées par le même procédé, en lettres de même hauteur.

« Ainsi donc on s'est servi, dans l'île de la Cité, de matériaux enlevés aux *Arènes;* et l'on devra reconnaître que cette cause de destruction avait été signalée avec raison par M. Jollois.

« Tous les archéologues connaissent les inscriptions en grands caractères tracés sur le mur d'appui qui règne derrière la précinction du milieu, au théâtre de Syracuse, et qui donnent les noms de plusieurs princes, entre autres ceux de Philistis et de Néréis. Il ne nous semblerait donc pas impossible de retrouver quelque nom historique dans les inscriptions, grossièrement entaillées, il est vrai, mais de grandes dimensions, qui se voient sur les blocs enlevés aux arènes. Un auteur qui a longtemps étudié les monuments du vieux Paris pensait que ces inscriptions, du moins celles qui ont été déterrées au Parvis-Notre-Dame, « avaient été gravées plutôt par des oisifs que d'une manière « officielle; » mais cette condamnation ne pouvait résister à une enquête tant soit peu prolongée. Il devient évident, en effet, par la comparaison des seize pierres conservées au musée municipal, avec les douze que possède le musée des Thermes, que toutes ont été gravées de la même façon, sinon dans le même temps, à l'aide du ciseau; que celles qui sont le mieux conservées portent des noms d'hommes au génitif, tels que Q. GRATI, MARATI, MELIAI, MARTI. Sur trois de ces blocs, dont un au musée des Thermes, nous lisons :

« Le premier a été fort altéré par des coups d'outils, probablement à l'époque où il fut employé dans une construction de la cité. Quant aux deux autres, récemment détachés des arènes, ils sont fort lisibles. Devons-nous attribuer au hasard la rencontre sur les assises d'un édifice public, de deux noms qui ont été portés par des empereurs gaulois du IIIe siècle, et qui pouvaient appartenir aussi à des hommes de condition privée? Si le bloc n° 1 n'avait subi aucune altération, et si, par conséquent, le texte qu'il présente était à l'abri de toute contestation, la différence serait nulle. Il est peu probable qu'un autre que Postumus ait porté les mêmes noms que lui : Cassianus Latinius. Au moins devrait-on reconnaître qu'il s'agit d'un membre de sa famille. Le surnom *Tétricus* ne suffirait pas pour établir une assimilation historique, mais sur le troisième bloc, ce surnom est précédé de deux caractères qui appartiennent, comme on va le voir, à l'un des noms de famille de l'empereur Tétricus, *Esuvius:* en sorte qu'ici surtout on pourrait, sans trop de témérité, admettre qu'on est en présence d'une inscription impériale...

... « Mais revenons aux pierres des arènes de Lutèce, qui, si nous ne nous trompons, reçurent des inscriptions pendant la seconde moitié du IIIe siècle. Nous ne prétendons pas affirmer

que l'édifice auquel elles ont appartenu ne fut pas plus ancien ;
mais il y a cependant probabilité que ces inscriptions ont été
gravées à une époque peu éloignée de celle qui vit construire
l'amphithéâtre. La destruction de ce curieux monument ne nous
permet malheureusement pas de tirer quelques conséquences de
la place relative qu'occupaient les noms qui viennent d'être
signalés. L'étude même des noms souffre, il faut le dire, de la
séparation fâcheuse de tous ces fragments de textes, aujourd'hui
confiés à deux établissements éloignés, et dont quelques-uns
même sont en partie enfoncés dans les lierres d'un jardin. Il est
certain qu'un meilleur arrangement permettrait d'ajouter de
nouvelles observations aux renseignements provisoires que nous
venons de présenter... »

PARIS — J. CLAYE, IMPRIMEUR, 7, RUE SAINT-DENOIT. — [1882]

Société Centrale des Architectes
ANNALES
Plan général, à 0,001 p.r mètre
VOL. I
PL. II et III
Rue Monge
A B   Axe des Entrées de l'Arène
C D   Petit axe de l'Arène
D D   Galerie ou égout, découvert en 1873,
       par les soins de la Société
       centrale des Architectes
       Grand axe de l'Arène
       Façade de l'Édifice
V V   Murs du Postscenium
O   Escalier
X Y   Mur du couvent des Dames de
       Jésus-Christ
X K,2Y Limites des parties non déblayées
1,2,3,4,5 Puits ouverts en 1873, par

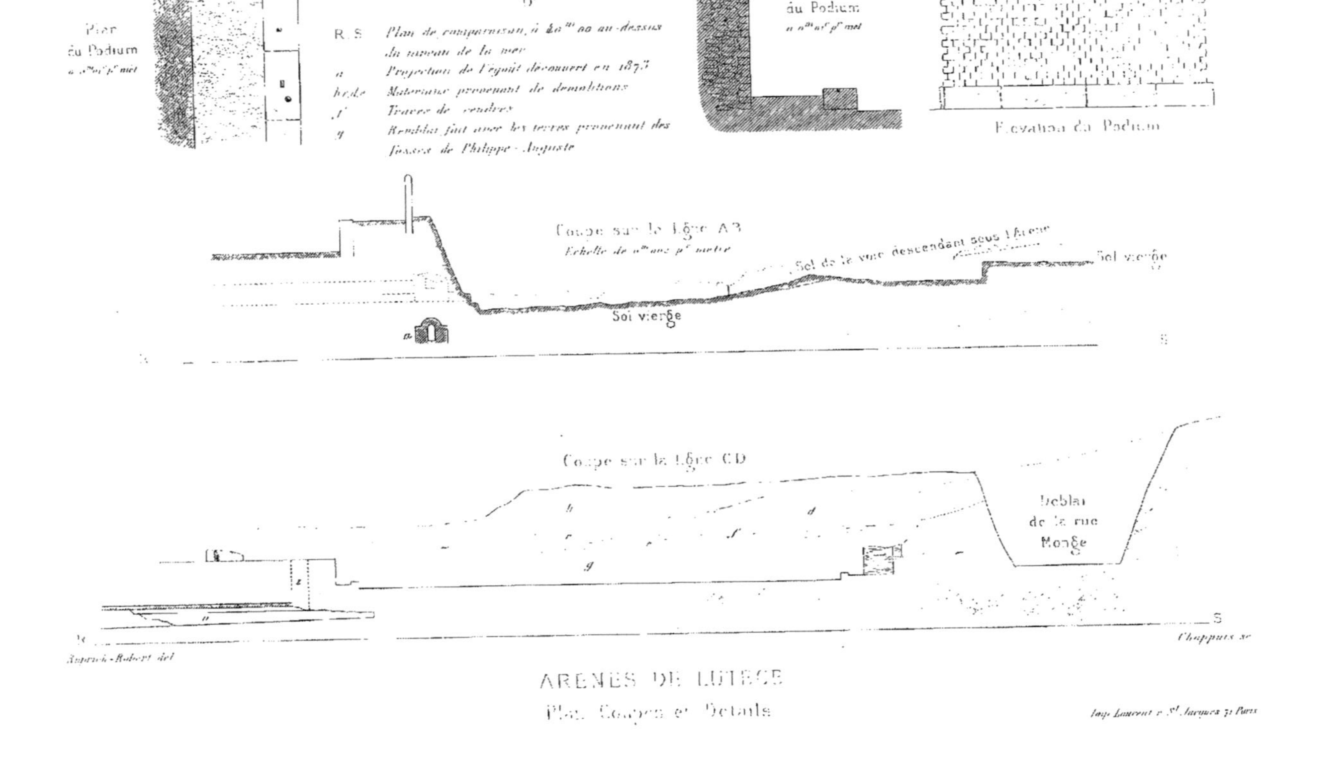

Plan du Podium
Coupe du Podium
Élévation du Podium
R.S Plan de comparaison, à 40ᵐ,00 au-dessus du niveau de la mer
a   Projection de l'égout découvert en 1873
b,c,d,e Matériaux provenant de démolitions
f   Traces de cendres
g   Remblai fait avec les terres provenant des fossés de Philippe-Auguste
Coupe sur la Ligne AB
Échelle de ... p.r mètre
Sol de la voie descendant sous l'Arène
Sol vierge
Sol vierge
Coupe sur la Ligne CD
Déblai de la rue Monge
Amédée-Robert del
Chappuis sc
ARÈNES DE LUTÈCE
Plan, Coupes et Détails
Imp. Laurent, r. St Jacques 31 Paris

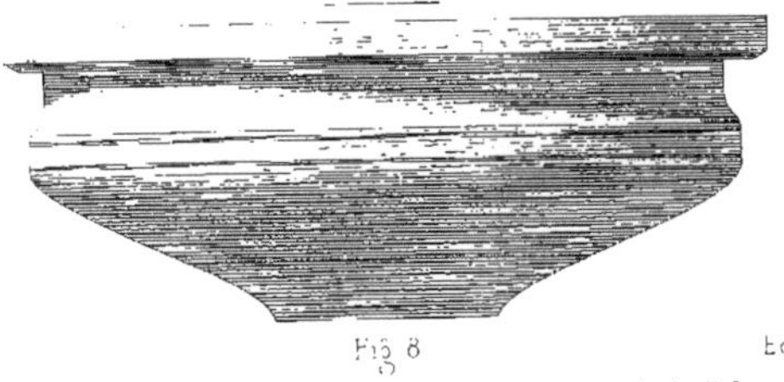

Fig 8

Echelle
des Fig 1, 2, 3, 4, 5 et 9
au 20.e de l'Exécution

Echelle
de la Fig 7 au 4.e d'Exécution
id. 8 au 10.e id.
id. 9 Grandeur id.

Fig 10

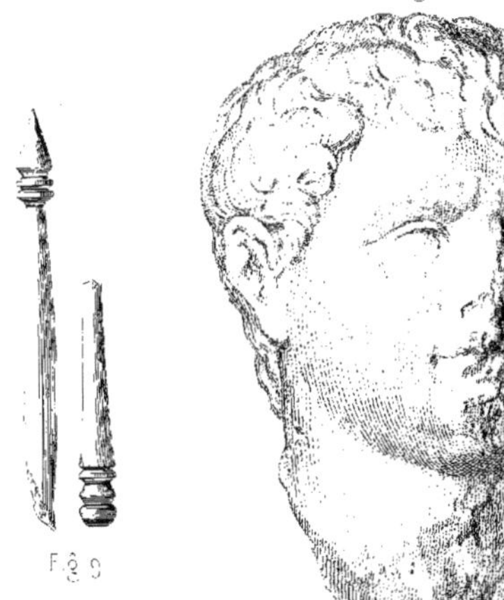

Fig 9

Fig 7

Fig 4

Fig 5

Fig 6

Fig 1

Fig 2

Fig 3

Reuprich-Robert del.

Chappuis et Varnost sc.

ARÈNES DE LUTÈCE
Fragments trouvés dans les fouilles en 1870

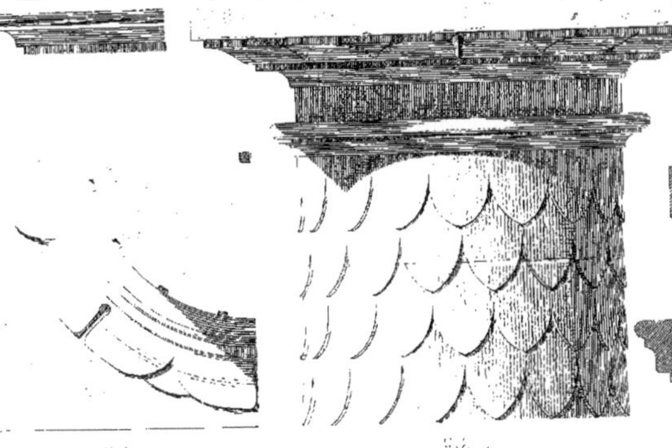

Imp. Laurent r. S.t Jacques p. Paris

www.ingramcontent.com/pod-product-compliance
Ingram Content Group UK Ltd.
Pitfield, Milton Keynes, MK11 3LW, UK
UKHW020025080726
13614UKWH00004B/1558